호야네 말

호야네 말

이시영 시집

창비

차 례

제1부

낙타교

개성엔 낙타교, 그러니까 고려 적 아랍 상인들이 장사하러 와서 말을 매놓았다는 다리가 있었다고 늘 자랑하곤 하시던 박완서 선생님, 어릴 적 어머니 앞에서 떡국에 쓰일 새알을 곱게 못 빚으면 강화로 시집보내겠다고 해 '강해년' 이란 말을 처음 들었다며 웃으실 땐 입가에 부드러운 미소가 흐르고 양 볼엔 간혹 홍조를 피우시곤 하였다.

금빛

2014년 1월 중순, 강원도 깊은 산 소나무 군락지에 금빛 새 한마리가 날아와 커다란 알을 낳고 사라졌습니다. 소나무 숲이 그 알을 받아 떨어뜨리지 않으려고 서로 키를 높이는 바람에 일대는 한동안 지상에서 붕 떠올라 금빛으로 환하게 눈부셨습니다.

곧

양들이 조심조심 외나무다리를 건너 귀가하고 있습니다

곧, 저녁입니다

BYC

깔끔하게 단장한 구로디지털단지역을 지나다보니 BYC,
옛날의 백양메리야스 야트막한 벽돌색 건물이 보인다
한때 내 바로 아래 여동생이 일했던 곳
매서운 기숙사 사감의 눈빛과 밤마다 졸리운 잔업노동에
시달리다
결국은 폐병을 얻어 쫓겨났지
얼어붙은 한겨울의 새벽길을 걸어 걸어
조용히 내 하숙방 문을 두드리던 여동생 얼굴이 생각난다

평화롭게

동양파라곤아파트 동쪽 정원 측백나무 옆
고양이 세마리가 나와 자울자울 해바라기를 하고 있는데
그중 두 놈은 흰 배에 검은색 등이고
나머지 한 놈은 완전 호랑이 색깔이다
그런데 저렇게 평화로울 수 있다니!

세모래를 추억함

집안에 제삿날이 돌아오면 어린 나는 제일 먼저 동네 앞 개울로 달려가 그날 떠내려온 가장 아름다운 세모래를 담아오곤 했다. "유세차……"로 시작되는 제관(祭官) 아버지의 긴 제사가 새벽닭이 울 때까지 이어지는 동안 향로 안의 세모래는 새글새글한 눈들을 뜨고 그날의 향을 가장 잘 사르어주곤 했다.

이대로는

문구 형님이 세상을 뜨기 전날
403호 병실 밖 문에 기대어 선 형수가 말했다
산복이 아빠를 이대로는 절대 보낼 수 없노라고
그동안 이 병원을 얼마나 믿고 따랐는데
이대로 이대로는 절대 보낼 수 없노라고

개 두마리

보문사에서 놓아기르는 그 두 개는 덩치가 곰만 한데
스님의 말씀을 잘 들어선지 눈매가 선하다

여우골짜기

여우가 마을 쪽을 향해 울면 흉사가 있다고 하는데
구죽죽 비 내리는 밤이면 늘 여우가 울었다
그곳엔 내 동생 웅식이의 두살짜리 항아리 무덤이 있다

옛날엔

말을 타고 달리다가 인디언들은 갑자기 뒤를 돌아본다고
한다
거기 영혼이 따라오는지 보려고!
그들이야말로 영원한 대지의 자식들이다

정자나무

저 동구 앞을 지키고 서 있는 오래된 팽나무
많은 사람이 그 옆을 스치며 떠나갔다
아니, 돌아오지 않았다

기관구의 아침

철도보수공이 망치를 들고 선로를 탕 내리치고 지나가면
저 멀리서도 나사들은 이를 알아듣고 어깨를 꽉 조이며
응답한다
텅!
이 소리로 기관구의 아침은 또 부산하게 시작되는 것이다

남부순환도로

남부순환도로에 모든 차량이 단 십초
아니 단 일초만 멈춰준다면
이 도시는 아마 나비가 날아다니는 도시가 될 것이다

나목

나무들이 잎새들을 남김없이 벗고
다가올 겨울 하늘과 늠름히 맞서다

첫눈

이 아침에도 다람쥐들은 재빨리 능선을 넘고 있겠구나

밤 강물

그날밤 섬진강을 함께 헤엄쳐 건넜던 코보 형철이는 지금쯤 무엇을 할까. 건너편 수박밭의 수박을 덩굴째 따서 던지면 내가 그것을 받아 헤엄쳐와 강변 자갈밭에 앉아 장정들 머리통만 한 것을 주먹으로 탁 내리쳐 갈라 먹던 그 속이 빨간 수박 맛이라니! 서울로 와 큰 콩나물 공장을 한다던 소문도 들었고 부동산집 예쁜 딸을 얻어 영등포 어디서 잘 산다던 얘기도 들었지만, 내게는 그날밤 우리들 허리며 가슴을 적시며 흐르던 그 따스한 밤 강물이 한없이 그리웁다.

27

이런 밤

시집가 늙은 딸이 더 늙은 어머니를 찾아와 하룻밤 묵는 사이

달빛이 가만가만 내려와 저들 곁에 잠들곤 했습니다

청도 들

비 온 뒤 청도 들에 어린 소 한마리
언제 비 왔냐는 듯 깨끗이 걷힌 하늘에
느릿느릿 떠가는 흰 구름 보며 씨익 웃는다
"요이 씨!"
다부진 이마를 보며 이 소를 싸움소로 길러야겠다고 다
짐하는
　그 옆의 주인 사내도 두 손에 침을 타악 뱉으며 씨익 웃
는다

툇마루

아버지 방이 있던 사랑채에 툇마루가 있었던가? 수저를 놓자마자 부리나케 안마당을 가로질러 가슴 콩닥이며 열던 아버지의 책궤. 그 두툼한 자전(字典) 속에 포개진 시퍼런 백환짜리를 훔쳐 매점에서 모찌떡 많이 사먹었다. 그러다 결국은 그놈의 커다란 첫대 덜그럭거리는 소리에 놀라 책가방도 빼앗기고 외양간 쇠죽솥 곁에서 하루 종일 울었지. 그런데 아버지 방으로 오르던 사랑채에 툇마루가 있었던가? 하, 그것마저 잊어먹었다.

십이월

지금은 모든 결빙(結氷)의 시절
그러나 호수도 한때는 뜨거웠으리!

석양 무렵

가을 산길에 놓인 밤톨 하나
설치류의 작은 이빨이 단단히 박혀 있다

소년들

저녁을 먹고 나면 우리는 동구 앞 정자나무들 아래 모여
전깃불 화안한 읍내를 바라보곤 하였다

젊은 달

우리 아버지 한때는 씽씽했으리
두루마기 자락 펄럭이며 횡하니 들가운데 가로질러
탱자울 노란 풍류집에서 장고채 두드리며 노시다가
새벽이슬 훔치며 돌아오곤 하셨으니

수명 누님

팔십 넘은 수명 누님이 햇밤 다섯되를 부친다고 전화를
하셨다
주소를 불러드리는데 '동양파라곤아파트' 대목에서 몇
번이나 틀렸다
운조루 주인인 그 누님은 어릴 적 우물가에서 나를 업어
길렀다

가을은 이렇게 온다

내가 잠든 사이에도 뜨락의 귀뚜리들은
사력을 다해 울었구나
그리고 들고양이들은 또 서러운 앞발을 들고 그 이슬 속
을 밤새워 달렸구나

좋은 풍경

어스름이 깔리기 시작하는 강화유스호스텔 마당 한켠,
함민복 시인이 멀리서 올라온 친구들을 먹이려고 삼을 넣
은 닭백숙 두마리를 해 왔다. 박남준 김수열 시인들이 그것
을 뜯느라고 땀을 뻘뻘 흘리고 있는 동안, 나무 그늘에 비
스듬히 기대어 선 그는 저무는 하늘을 향해 선한 미소만 실
실 흘리는 것이었다.

호랑나비

검은점호랑나비 한마리가 산나리꽃 위에 앉아
자울자울 조을고 계시다
자세히 보니 바람에 날개가 많이 찢기었다

고맙다 웅식아!

　강남의 한 화사한 예식장, 낯선 사람들 사이에서 잘 보이
지 않던 웅식이가 '새마을운동 이장협의회' 모자를 떠억 꺼
내 썼다. 일대가 환해졌다. 그는 삼십년 넘게 고향 마을의
늠름한 이장님이신데 바쁜 농사일을 미뤄둔 채 오늘 새벽
차로 급히 상경했다. 고맙다 웅식아!

상(床)밥집에서

과대평가된 시인들이 있는가 하면 과소평가된 시인들이
더 많다
　그중의 한분과 '정겨운 상밥집'에서 상밥을 먹었다
　살아온 이야기를 하는 그의 목소리는 나직나직하고 조용
했다
　나도 나직나직 조용해지면서 오랜만에 나 자신으로 돌아
온 듯했다

찬(讚) 김정남 선생

양재역 12번 출구 앞에서 우연히 김정남 선생을 만났다. 평생을 별다른 직업 없이 살아온 그는 아침에 일어나면 동네를 한바퀴 돌며 골목을 깨끗이 쓸었다고 하는데, 세상엔 이렇게 그림자처럼 조용한 분들이 있으시다. 칠팔십년대 인권 탄압이 있는 곳엔 그가 늘 뒤에 있었으며 변호사를 대신해 쓴 '변론'만도 아마 수천 페이지가 넘을 것이다. '박종철 사건'도 보이지 않는 그의 손에 의해 처음으로 밝혀졌다. 그러나 역사는 이런 분을 잘 기억해주지 않는다.

숲

이 이슬 영롱한 아침에도
강아지풀은 늘 고개를 숙이고 있구나
나는 네 조촐한 모습이 좋다

절

서초중앙하이츠빌라의 머리가 하얗게 센 경비 아저씨는
저녁이면 강아지와 함께 나와 지나가는 사람들에게 인사
를 한다
세상엔 이렇게 겸손한 분도 있다

손

죽은 이의 손을 만져본 적이 있다
어릴 적 늘 나를 업고 동구 밖을 나가시던 큰어머니

자정이 넘었는데도 마당의 큰솥에선 돼지국물이 펄펄 끓고
상여꾼들의 커다란 목소리가 울려대는데
어머니의 손은 조용히 따스했다

뒷문 밖에 싸락눈이 싸락싸락 스치던 밤이었다

'나라' 없는 나라

어디 남태평양에 아직 발견되지 않은 섬은 없을까. 국경
도 없고 경계도 없고 그리하여 군대나 경찰은 더욱 없는.
낮에는 바다에 뛰어들어 솟구치는 물고기를 잡고 야자수
아래 통통한 아랫배를 드러내고 낮잠을 자며 이웃 섬에서
닭이 울어도 개의치 않고 제국의 상선들이 다가와도 꿈쩍
하지 않을 거야. 그 대신 밤이면 주먹만 한 별들이 떠서 참
치들이 흰 배를 뒤집으며 뛰는 고독한 수평선을 오래 비춰
줄 거야. 아, 그런 '나라' 없는 나라가 있다면!

호야네 말

이렇게 비 내리는 밤이면 호롱불 켜진 호야네 말집이 생
각난다. 다가가 반지르르한 등을 쓰다듬으면 그 선량한 눈
을 내리깔고 이따금씩 고개를 주억거리던 검은 말과 "얘들
아, 우리 호야네 말 좀 그만 만져라!" 하며 흙벽으로 난 방문
을 열고 막써래기 담뱃대를 댓돌 위에 탁탁 털던 턱수염이
좋던 호야네 아버지도 생각난다. 날이 밝으면 호야네 말은
그 아버지와 함께 장작짐을 가득 싣고 시내로 가야 한다.
아스팔트 위에 바지런한 발굽 소리를 따각따각 찍으며.

잠시

소나무 한그루가 전신을 다해 어제의 빗방울들을 안고
있다
　곧 바람이 불어와 저들의 수고를 덜어줄 것이다
　그리고 지상은 잠시 영롱한 눈빛으로 반짝일 것이다

나비를 보다

우면산에서부터 따라온 나비 한마리가
창턱에 날개를 접고 앉아
그 까만 눈동자로 나를 빤히 쳐다보고 있었다
나도 맑은 눈동자로 그를 가만히 바라보았다

정원에서

태풍 속에서 어미 잃은 새끼 고양이 한마리가
밤을 새워 울고 있었다
어떻게 알았는지 방배3동의 모든 고양이들이 몰려와
진심으로 진심으로 위로해주었다

첫

비 온 뒤 하늘에서 씻겨온 세모래 위에
가지런히 찍힌 어린 새의 발자국

제주

그 산야에 아직도 거친 바람 불고
강정천은 굽이쳐 흐르며 바다에 닿네

조춘(早春)

　이 세상이 그렇게 빨리 망하진 않을 것 같다
　언 땅속에서 개나리 한 뿌리가 저렇게 찬란한 봄을 머금
고 있었다니

석양

미루나무 높은 꼭대기 위 까치집 두채
바람 불 때마다 정겨웁게 흔들리고 있네

대지의 잠

어제 내린 눈 위에 오늘 내린 눈이 가만히 닿았습니다.
"춥지 않니?" "아니." "어떻게 왔어?" "그냥 바람에 떠돌다
가 날려서." "그래, 그럼 내 위에 누워보렴." 둘은 서로의 시
린 가슴을 안고 깊은 잠에 들었습니다.

새

달빛이 달빛을 쪼느라고
밤의 부리가 샛노랗다

보름

파도가 파도를 건너느라
이 밤이 시리다

삼지연려관

2005년 찌는 듯한 여름, 삼지연려관에 도착하여 수도꼭지를 틀자마자 "앗 차거!" 당장 손가락이 아리게 떨어져나갈 듯한 찬물 세례에 나도 웃고 최원식도 웃던 풍경이 떠오른다. 그때 막 깊은 산 그림자가 깔리기 시작하던 저녁 마당에선 소설가 홍석중이 황석영과 함께 어슬렁거리다 지도원 동무가 다가오자 자작나무 허연 아랫도리를 가리키며 "야, 너, 민족의 성산에 왔시면 좀 겸손해야지!" 하며 껄껄 웃던 모습도 아스라이 떠오른다.

봄의 시작

까치 한마리 포르르 제집에서 날아올라
이웃 나무 제일 높은 꼭대기에 앉아 내려다본다
지난겨울 삭풍을 이겨낸 굳센 가지를

생업

이 저녁 토끼는 눈 퍼붓는 산등성이를 오르다가 생각난 듯 깜빡 검은 환약 같은 똥을 몇점 누고는 정신없이 또 앞을 향해 달리는데 두 귀가 파릇하다.

민병산 선생

남루를 걸치고 다니다 음식점 입구에서 내쫓기던 철학자
가 있었다. 관철동의 민병산 선생. 그는 청주 대부호의 아들
로 태어났으나 결혼도 하지 않고 일생을 겸손한 가난뱅이
로 살다 어느 새벽 아무도 없는 방에서 홀로 숨졌다. 거리
의 후배들이 와서 그의 모자와 책들을 정리하고 글씨들을
챙겼다. 나도 그중의 한점을 갖고 있는데 서체가 그를 닮아
남루하면서도 깨끗했다.

조상(弔喪)

우면산 산비탈에 얼어붙은 작은 새의 주검
종이 다른 새가 와서 목을 묻고 조상하고 있다

눈 속에서

눈 속에서 어린 풀들이 익고 있다
자세히 보니 동승처럼 머리가 새파랗다

2호선

가난한 사람들이 머리에 가득 쌓인 눈발을 털며 오르는
지하철 2호선은 젖은 어깨들로 늘 붐비다
사당 낙성대 봉천 신림 신대방 대림 신도림 문래
다시 한바퀴 내선순환을 돌아
사당 낙성대 봉천 신림
가난한 사람들이 식식거리며 콧김을 뿜으며 내리는
지하철 2호선은 더운 발자국들로 늘 붐비다

세밑에

눈 내리는 서울고등학교 운동장 야구회관 극기원
신발장에 가득 모인 운동화들이 서로의 코를 부비며
쿵쿵거리다가 강아지들처럼 아주 순하게 잠들어 있다

내일을 향하여

또 한번의 민주정부는 오지 않았다
오늘밤 호남선으로 뻗은 철길 두가닥은
서로가 서로를 위로하다가 잠이 들었다

겨울밤

외눈박이 가로등 하나가 지키고 선 골목길의 적막함이여!
어디서 불쑥, 도둑놈 하나라도 뛰어들었으면

바닥

가로등은 심심하여 발밑을 혜적이다가
용기를 내어 은행나무 어깨에 손을 얹었다
깜짝 놀란 은행나무가 노오란 잎들을 우수수 쏟았다
가을이었다

방배동 두레마을

빨랫줄엔 빨래가 없고 빨래집게 두개가
외로운 참새처럼 허공을 한뼘씩 물고 잠들어 있다

꿈에
김종삼 조로

오후가 희미하게 웃고 있었다
유칼리나무 빛깔이었을까
올리브 빛깔이었을까
시신이 다가오자 시신이
아주 조그맣게 웃고 있었다

남부순환로에서

자동차 바퀴가 무지막지한 소리를 내며 달리고 있었다
그 옆에서 귀뚜라미가 착한 앞발을 들고
가느다랗게 가느다랗게 울고 있었다

빈 들

가래뜸 잔솔밭에 외로운 무덤이 나란히 셋
나 죽으면 누가 와서 저 무덤 지켜줄까
걱정 마라,
저 아래 빈 들이 아재처럼 가만히 일어나 웃는다

바이마르에서

"나는 괴테의 관을 보았다."
"저는 괴테의 침대를 보았습니다."
"나는 괴테가 누운 관을 보았다니까!"
"저는 괴테가 누운 침대를 보았다니까요!"
그러나 침대에서 관까지는
수직으로 불과 오십여 미터

밖으로 나오니 브론즈에서 갓 걸어나온 젊은 괴테들이
왁자하게
　거리를 메우고 있었다

신생

지난여름 파죽지세로 마을을 덮치던 우면산 자락에
오늘은 똑똑 맑은 샘물이 돋고 있네
아, 모든 탄생하는 것들의 고요여!

석양 아래

우면산 범바위골 장수 약수터
등산을 마친 한 노인이 정자에 앉아 쉬고 있다
그 옆에 다가가 가만히 앉았더니
나도 어느새 그 노인이 되어 있었다

제2부

구름학교

　태풍 산다가 휩쓸고 간 하늘이 구름 한점 없이 맑다. 방금 3~5세 아동들을 태우고 마포를 출발한 유아학교 버스가 뻥 뚫린 하늘을 마음 놓고 달리다 갓길에서 모자를 고쳐 쓰고 나온 구름경찰에 걸려 엉덩이를 뿡뿡거리며 딱지를 떼이고 있다.

가을꽃

장마가 씻어내린 보도블록 사이로 노란 꽃이 피었다
이름이 무어냐고 물었더니 모른다고 모른다고 하였다

지나면서

밤 열시가 넘은 소나무 숲 벤치에서 누가 울고 있다
"그러게 내가 뭐랬어?"
간간이 달래는 여자의 목소리도 섞이어 들려왔다

상공을 날며

  제국주의가 몰려오기 전 태평양 상엔 아직 발견되지 않
은 일천여개의 섬이 있었다고 한다. 덴파사르 발리 지나 적
도 못미처 어리숙한 어리픽 언덕도 그중의 하나였을까? 솟
을바위에 와 부딪치는 옛 상어 파도들의 이빨이 눈부시게
희다.

써던크로스역에서 기차를 타고

써던크로스역에서 기차를 타고 한시간 반, 캐슬마니는 거기에 있지. 다시 택시를 불러 우람한 둥치의 숲속길을 이십분쯤 달리면 돌담으로 둘러싸인 소설가 닉과 그의 친구들의 아담한 작업실. 원통형 구식 보일러를 개조한 벽난로에 장작을 때며 우리는 닉이 직접 요리한 양고기를 오스트레일리아산 포도주에 곁들여 저녁으로 먹었지. 담배를 피우러 나와 하늘을 올려다보면 남십자성이 또렷이 빛나고 겨울에도 노란 아카시아를 비롯한 야생화들이 흐드러지게 피어난 이역(異域)의 산속.

어젯밤 늦게 도착한 붉은 수염이 착해 보이는 스티브와 함께 아침 산책에 나섰을 때 우리는 그곳이 19세기 중반 골드러시 때의 광산촌이었다는 사실을 알게 되었지. 등성이에 쓰러진 거대한 원목 더미 아래 깊게 패인 웅덩이들이 영국에서 건너온 노동자들이 손으로 금을 캐기 위해 파헤친 피투성이 계곡이었다는 것을. 금을 찾은 이들은 소수였고 대부분의 가난한 사람들은 병들거나 지쳐서 고향을 오래 떠난 영혼과 함께 그들의 육신을 영원히 누인 언덕. 바람 불고 비 심하게 퍼붓는 날이면 닉과 그의 동료들은 이층 침대에 누워 멀고 가까운 산이 맞부딪는 듯한 노한 음성을 듣는다고 했지.

캐슬마니는 그러나 원시의 자연이 더 아름다운 곳. 산책에서 돌아오는 길에 만난 닉의 이웃 여인에게선 바로 일주일 전 멀지 않은 폐광에서 육십만불짜리 금덩어리가 발견되었다는 소식을 듣기도 했지. 멜버른 써딘크로스역에서 기차를 타고 검은 소들이 한가히 풀을 뜯는 북쪽의 평원을 가로질러 한시간 반. 남십자성과 함께 적도 이남의 큰 별들이 성글성글한 눈으로 제가 가진 모든 빛들을 환하게 비추는 땅.

슬픔

　김포에서 갓 올라온 햇감자들이 방화시장 사거리 난전에서 '금이천원'이라는 가격표가 삐뚜루 박힌 플라스틱 바가지에 담겨 아직 덜 여문 머리통을 들이받으며 저희끼리 찧고 까불며 좋아하다가 "저런 오사럴 놈들, 가만히 좀 있덜 못혀!" 하는 할머니의 역정에 금세 풀이 죽어 집 나온 아이들처럼 흙빛 얼굴로 먼 데 하늘을 쳐다본다.

요동호텔에서

혁명 성지인 중국 연안에 갔을 때다

동굴을 본떠 지은 요동호텔 일층에서 자고 나오다가 그를 만났다

나도 모르게 "황○○ 동지, 안녕하십네까?"라고 했다

깜짝 놀란 그가 한발짝 뒤로 물러서며 말했다

"리시영 동무, 거 앞에다가 '경애하는'이란 말 좀 붙이면 안되겠습나?"

요동은 원래 그러한 곳이다

일행(一行)

　자고 일어나보니 새똥들이 방금 가장 아름다운 지구의
무늬를 만들어놓았구나

손님

    은희경 님이 리트윗해 올린, 지리산 반달가슴곰 25번 녀석이 법계사 공양간 창문에 다리를 척 걸치고 제집처럼 익숙하게 쌀을 훔치고 있는 모습이 재밌다. 엊저녁 설거지해 엎어놓은 스님의 단출한 부엌살림 그릇들과 낮은 타일 벽에 걸린 빨간 고무장갑도 모두 말없이 정결하다. 그리고 새벽 예불을 드리다가 가만히 돌아앉아 이 장면을 찰칵 카메라에 담았을 스님의 안 보이는 미소까지 환해서 참 보기에 좋으시다.

작별

끝내 들어올리지 못한 바벨을 내려놓고
그것을 쓰다듬는 장미란의 손길은 아름다웠다
그래, 고맙다 바벨!
그동안 내가 너를 들어올린 것이 아니라
네가 나를 힘껏 들어올려주었구나!

겨울 아침

아직 해가 뜨지 않은 남대문 광역버스 정류장
발가락이 삐져나온 운동화를 신은 노숙자 하나가
가로수에 기대어 떨고 있었다
안 보이는 손 하나가 다가와 그에게
따뜻한 천원짜리 한장을 쥐여주었다

노래 하나

마포강에 흰 돛배 떴다
바람아 불어라!
이 배는 목계나루에서 잎담배 가득 싣고
소금배 기다리는 해주 가는 길

이슬

방아깨비 잡았다 놓친 자리에
별빛들이 가만가만 내려와 놀고 있어요
논둑 아래 미꾸라지들 통통배 두드리며 이따금씩 은하수
를 건너가는 밤

찬샘

큰물이 들면 동네가 곧잘 잠기는 개갱머리 개갱촌엔 세
상에서 제일 찬 샘이 하나. 겨울이면 뜨거운 김을 뿜어내고
여름이면 얼음처럼 차가운 물이 쉼 없이 솟구치던 그 샘은
우리들의 명소. 여름밤엔 등목을 하며 차가운 어깨를 맞대
고 즐거워했으며, 겨울엔 모락모락 흰 김을 내며 흐르는 물
에 언 손을 담그곤 했다. 아 찬샘, 낮은 편백나무 울타리가
쳐진. 균상이 누나가 저녁 찬거리를 다듬다가 우리를 보면
얼른 고개를 숙이며 물동이를 이고 사라지던 곳. 영화배우
가 희망이던 균태 형이 다듬어진 근육을 뽐내며 이미자를
부르던 곳. 몇십년 뒤 경지정리가 끝나고 찾아가보니 찬샘
이 있던 자리는 메꾸어져 어디가 어디인지 알아볼 수가 없
었다. 곧이어 개갱머리 개갱촌도 사라지고 말았다. 그러나
아직 우리들의 혀끝에 남아 있는 그 아늑하고 시린 찬샘의
물맛.

전주천

신리역을 지나면 전주역. 석탄열차가 이제 전주에 다 왔다고 즐거운 기적을 울려대면 제일 먼저 우리를 맞는 것은 오목대 아래 전주천에서 멱 감던 아이들. 녀석들은 괜히 기차를 향해 감자를 먹이며 물 위로 철버덩 뛰어올라 고추를 꺼내 장난을 치기도 했는데, 이제 와 생각하면 그 와자하게 떠들며 반기던 것이 그들의 인사. 찌는 듯한 여름, 승객들은 물론 화통 옆에서 바지런히 석탄을 때던 코밑이 새까만 화부 아저씨들도 이때만은 잠시 소년이 된 듯 웃통을 벗어들어 마구 흔들며 즐거워하는 것이었다.

상관역을 추억함

신리역을 지나면 상관역이 나오는데 산비탈에 유명한 약수터가 있는 곳. 매캐한 석탄 연기를 뿜어대는 구식 열차가 관촌역을 향해 떠난다고 뿡뿡거려싸도 3학년 통학생들은 들은 체도 않고 천천히 아주 천천히 약수터를 향해 걸어가 큰 덩치로 엎드려 물을 마시고 난 후 모자를 탁탁 털며 일어나 아직도 산마루를 오르지 못해 식식거리며 뒤로 밀리는 미카 열차의 난간을 한손으로 붙잡아 타고 휘리릭 휘파람을 날리는 것이었다.

하늘 아래

　금빛 털의 고양이 한마리가 숲 속에서 천천히 걸어나오고 있다

　은빛 털의 고양이 한마리가 숲 속에서 어기적어기적 걸어나오고 있다

　석양 아래 늠름한 그들의 항문 위로 우아한 꼬리가 빳빳이 올라가 있다

누워서

눈 밑에 검은 점이 박혀 슬펐던 여자를 오래 생각하는 밤
하늘엔 하늬바람이 불어서 별빛들이 유난히 밝다

주생역

　전라북도 남원역과 금지역 사이엔 금테 두른 역장도 역무원도 없는 주생이란 간이역이 있다. 간혹 측백나무 울타리 가에 완행열차가 서기라도 하면, 논둑을 날던 날개옷이 빳빳한 방아깨비와 눈망울이 초롱한 메뚜기 형제가 놀라, 식식거리며 무서운 콧김을 내뿜는 그 무쇠 덩어리를 쳐다볼 뿐이다.

유영

마포대교 가까운 강변북로 71번 교각 아래
흰뺨청둥오리 가족이 저녁 유영을 즐기고 있다
아빠 오리 엄마 오리, 그리고 눈이 아주 작은 새끼 오리
다섯
부드러운 물살이 와서 그들 배를 가르고 있다

바야흐로

돛배가 한척 수평선을 꼴깍 넘어갔다
예서부터는 바야흐로 바람 한점 없는 망망대해다

전야

자정 가까운 4·11 총선 전야,
비가 몰아치는 을지로입구역 지하도
노숙자 하나가 라면박스로 지은 집에 들어가
성자처럼 잠을 청하고 있다
눈가엔 오래 맺힌 이슬이 몇 반짝!

안변평야를 지나며

청천강 가에 책보를 끌러놓고
찬 물속에 풍덩풍덩 뛰어들던 인민학교 아이들이 생각난다
그래, 우리나라의 아이들이

현대홈타운2차

201동은 202동과 204동 사이에 있다
이곳에서 흔히 닭장이라고 부르는 소형 임대아파트
그러나 저것 한칸을 차지하기 위해
얼마나 많은 사람들이 싸우고 일했던가
벌써 저녁을 들고 나오셨나
온화한 표정의 할아버지 한분이 맛있게 담배를 태우고
있다

망실(忘失)

우면산 골짜기엔 주인 잃은 무덤들이 왜 그리 많으냐
그중 몇몇은 지난여름 폭우에 휩쓸려 떠내려가다
벼랑 끝에 아슬히 걸린 것도 있다

강변에서

다저녁때 흐린 하늘을 새들이 시옷 자 편대로 날고 있
구려

그 아래 뻗시디뻗신 풀숲에서 막 교미를 마치고 나오던
뱀 한마리가

뻘쭘한 눈으로 그것을 바라보고 있소

독립문 밖

독립문 밖 독립문아파트에 박정만 살 때
친구들이 우르르 몰려가면
풍로를 아예 길바닥에 내놓고 입김 호호 불어가며 밥 지
어주던
그의 단정한 아내가 생각난다
독립문 밖 외로운 아파트에 시인 박정만 살 때

봄날

염천교 다리 옆 구둣방들은 사십년을 한결같이 그 자리
에 있네
신신제화 삼화피혁 단스화전문 이태리제화
반질반질 구두코가 뾰족한 놈 하나 골라 신고
벚꽃 지는 남산 쪽으로 건들건들 걷고 싶네

봄

윗밤섬과 아랫밤섬 사이에 작은 도랑이 있다
물새들이 그곳에 깃들여 따스한 알을 낳는다

봄밤

실비가 내린다
내리는 실비 속을
어깨동무한 두사람이 비틀거리며 걷는다
어디서 많이 본 듯한 풍경이다

남산

장님 하나가 벚꽃 구경을 나왔다
또 다른 장님 하나도 벚꽃 구경을 나왔다
둘은 앞서거니 뒤서거니 노란색 보도블록을 지팡이로 탁
탁 두드려가며
사이좋게 걷는다

삶

모진 겨울 넘기고 나오셨구나
서울역 앞 몸에 돋은 약초 파는 할아버지
그사이 공순하던 허리가 땅에 더 가까워지셨구나

상행(上行)

얼마나 많은 꿈들이 스러져갔을까
그것을 아는지 모르는지 오늘도 상행 열차는
무거운 쇠바퀴를 덜컹거리며 한강철교를 넘네

마침내

그는 물가에 다다랐다
그리고 성큼성큼 물 위로 걸어갔다
마침내 호수가 맑고 잔잔하였다

고적

멧새 소리 들으며 너 여기에 피어 있었구나
산 너머 산 너머에서 만난 할미꽃 하나

춘천

소설가 오정희 씨가 서울 나들이를 위해 춘천 역사에 들어서면 어떻게 알았는지 금테 모자를 눌러쓴 귀밑머리 희끗한 역장이 다가와 이렇게 인사한다고 합니다.

"오 선생님, 춘천을 너무 오래 비워두시면 안됩니다."

그리고 측백나무 울타리 가에서 서울행 열차의 꽁무니가 안 보일 때까지 배웅한다고 합니다.

아, 나도 그런 춘천에 가 한번 살아봤으면!

구럼비의 바다

2012년 3월 19일 오후 6시 5분, 제주 해군기지 부지 안 구럼비 너럭바위가 천지를 진동시키며 폭파될 때 근처에서 맑은 눈을 또록또록 뜬 채 바다에 나간 어미를 간절히 기다리던 달랑게 한마리도 산산조각 나 그 뼈가 공중에서 하얗게 흩어지는 것을 사제들도 주민들도 똑똑히 지켜보았습니다. 이제 방파제를 넘어 사납게 울부짖는 강정바다는 더이상 어제의 그 바다가 아닙니다. 하느님도 어미 달랑게도 그것을 너무도 잘 아실 것입니다.

애월(涯月) 지나며

애월, 하면 떠오르는 이가 있다. 선량한 키에 그 누구도 속일 수 없을 것 같은 서늘한 눈매, "이 군, 그렇게 쓰면 안 된데이" 하시며 염소처럼 앞에서 또각또각 걷던 성실한 걸음. 그에게도 애타는 사랑의 시절이 있었던가. 바다가 포구를 초승달처럼 안고 있는 이곳에서 어린 제자뻘과 소꿉살림을 차렸다지. 매서운 바닷바람이 돌담을 쓰는 계절, 물어물어 찾아온 부인이 정성 들여 수놓은 누비이불과 솜옷을 말없이 내려놓자 밖으로 달려나가 벼랑 위에 걸린 달을 오래오래 바라보았을 그.

나, 오늘 강정마을 투쟁길에 제주시 애월읍을 지나며 젊은 애인을 배에 실어 보내고 돌아오며 지었다는 그의 슬픈 「이별의 노래」를 속으로 불러본다. "기러기 울어예는 하늘 구만리/바람이 써늘 불어 가을은 깊었네/아아 너도 가고 나도 가야지//한낮이 끝나면 밤이 오듯이/우리의 사랑도 저물었네"*

* 김성태 곡 「이별의 노래」 1~2절.

황태

어느 억센 손에 잡혀 갑판에 패대기쳐졌다가 일렬로 코
가 꿰어 덕장에서 얼다가 녹기를 수삼개월. 입춘 지나고 경
칩 오자 따스한 햇살에 꿉꿉한 몸을 좀 말리려고 허리를 펴
자 이번엔 내설악의 매서운 눈보라가 몰아쳐 입도 눈도 모
두 얼어붙은 채 바닷가 어느 절의 풍경처럼 허공에 대롱거
리다.

우수(雨水) 지나

2월 27일 자정 정남방, 마른 나뭇가지 사이로
누가 상큼하게 베어 먹은 듯한 시린 하현달이 뜨고
주위엔 뿌연 달무리
그 달무리를 물고 또록한 샛별 하나 돋아
매서웁게 푸른 밤하늘을 비추다

새들

새들은 허공 칠십리를 헤엄쳐온 그 발그레한 발가락들을 안으로 접은 채 사뿐히 지상에 내린다. 그리고 이내 하늘호수가 담긴 영롱한 작은 눈동자를 이리저리 굴리며 오늘의 먹을 것을 찾는다.

1849년, 뻬쩨르부르그에서 옴스끄까지

1849년 12월 22일 쎄묘놉스끼 연대의 연병장. 뻬뜨라쎕스끼 써클에 가담한 스물한명에게 모두 사형이 언도되었다. 이어 십자가에 입을 맞추게 하고 머리 위에서 칼을 부러뜨리고 흰 가운을 입혔다. 그러고는 형 집행을 위해 우선 세사람을 말뚝 옆에 세우고 천으로 얼굴을 가렸다. 도스또옙스끼는 그의 친구 쁠레시체예프, 두로프와 함께 두번째 열에 서 있었다. 남은 목숨이 채 일분도 되지 않았을 때 갑자기 북이 울리고 말뚝에 묶였던 사람들이 제자리로 돌아왔다. 황제 폐하 니꼴라이 1세가 그들에게 새 생명을 내려 주셨다는 특사 칙령이 발표되었다. 그리고 신분상의 모든 권리를 박탈하고 '사년간의 징역, 그후에는 사병 복무'라는 진짜 선고가 낭독되었다. 도스또옙스끼는 훗날 그의 형 미하일에게 보낸 편지에서 그 순간을 이렇게 담담히 회고했다. "나는 낙담하거나 절망하지 않았어. 삶이란 어디를 가나 있는 거니까."

1849년 12월 24일 자정, 족쇄를 찬 동료들과 덮개 없는 썰매를 타고 뻬쩨르부르그를 떠난 도스또옙스끼 일행은 추위와 눈보라 속에 말과 썰매가 꼿꼿이 얼어붙는 우랄산맥을 넘어 시베리아의 또볼스끄 감옥에 도착했다. 그곳에서 육일간 머물다 사흘을 달려 이듬해 1월 23일 뻬쩨르부르그에서 동쪽으로 3168킬로미터 떨어진 지방도시 옴스끄의 요새 감옥에 이르렀다. 그는 그 '죽음의 집'에서 만 사년간을 유폐되었다가 1854년 2월 15일 석방되었다. 그리고 나머지 형기를 치르기 위해 지금의 까자흐스딴에 있는 도시 쎄미빨라찐스끄 국경 대대로 이동해서 사병 복무를 시작했다. 그가 시베리아 유형 생활을 끝내고 뻬쩨르부르그로 돌아간 것은 그곳을 떠난 지 정확히 십년 만인 1859년 12월 말.*

* 이병훈 『아름다움이 세상을 구원할 것이다』, 문학동네 2012, 100~135면에서 발췌 인용.

자욱하시다

동면(冬眠) 정진(精進) 중이던 지리산 반달가슴곰님께옵서 어젯밤에 새끼 두마리를 순산하시었다. 비칠비칠하고 고물고물한 것들이 어미 등을 찾아 기어오르려다 떨어지곤 떨어지곤 하는 것을 어미가 고개를 돌려 이윽히 바라보는데 그 눈가에 이슬이 자욱하시다.

대설주의보

눈보라 속에 못 보던 샛노란 꽃이 한라산 윗세오름에 피었다. 꽁지가 들리고 부리가 긴 새가 한마리 물음표처럼 고개를 들고 그것을 한참이나 바라보고 있다.

라싸의 눈물

2009년 7월, 우루무치 소요사태가 한창일 때 그곳서 멀지 않은 칭하이성에서 열린 한중작가회의에 갔다. 시닝시 뒷골목에서 양꼬치구이에 칭커주를 곁들여 마시다가 히말라야 산록에서 방금 양을 치다가 온 듯한 머리가 부스스한 소설가 츠런뤄부(47세)에게 불쑥 물었다. "당신은 왜 분노하지 않는가?" 사람 좋은 이 티베트족 작가는 부처처럼 두 손을 가슴에 모으더니 만면에 미소를 띠면서 대답했다. "폭력 아닌 것으로 해결할 수 있는 방법이 있으면 그것을 내게 좀 알려달라!" 그러고는 이내 고개를 떨구고 맑은 술잔에 참았던 눈물을 뚝뚝 흘리는 것이었다.

들림

어느 하늘에서 내려오셨나. 시베리아산 재두루미 여섯 분이 한강 하구 빈 들녘에 내려앉아 긴 목을 S자로 구부려 식사 중이신데 아뿔싸, 미꾸라지 한마리가 그중 눈 밝으신 분의 부리에 걸려 파득거리다가 마지막 비명도 없이 목 안으로 꿀꺽 넘어가버렸다. 내가 언제 그랬냐는 듯 시침을 뚝 떼고 아침 햇살에 반짝이는 습지의 다른 먹이를 찾아 발레리나의 몸짓처럼 잠시 지상에 들린 저 우아한 선홍빛 다리!

그해 겨울

아버지 아파 누워 계셨을 때 고향집 찾았다가 사랑채 마루에 걸터앉아 하염없이 바라보던 감나무. 너 이제 좀더 자라 의젓한 나무 되었는지. 서울행 기적 소리 들으며 작별인 사차 아버지 앞에 무릎 꿇고 다가서자 간신히 들려오던 목소리. "나, 약 좀 사다 달라!" 나 그 약속 지키지 못하고 동구 앞 팽하니 지나 타박타박 걸었네. 그날 수레바퀴 자국선명한 신작로까지 따라와 울던 갈가마귀. 너도 인젠 다 자라 푸른 하늘 매서웁게 나는지.

입

　눈부신 햇살이 쏟아져내리는 남극의 싸우스조지아 섬, 턱끈펭귄 암컷이 둥지에 품고 있던 알을 부리로 톡톡 깨자 기다렸다는 듯이 껍질을 뚫고 나오다가 옆으로 쓰러지는 새끼 턱끈펭귄. 고개를 젖혀 비린 눈을 뜨자마자 어미를 향해 한껏 벌린 입이 저 아래까지 빨갛다.

혹등고래의 삶

길이가 15미터가 넘고 몸무게가 무려 30톤이 넘는 혹등고래는 2만 5천 킬로미터를 헤엄쳐 달려와 남극의 여름 해안에 가득한 크릴새우로 커다란 배를 채운다. 그리고 다시 2만 5천 킬로미터를 헤엄쳐 아메리카, 오세아니아, 멀리는 아프리카 열대 해안까지 닿아 나머지 세 계절을 난다. 생존을 위해 푸른 바다를 가르며 이렇듯 긴 여행을 감행하는 것도 신기롭지만 바닷속에서 짝을 부르는 그들의 노랫소리는 저물녘 사냥이 끝난 고요 대지에 울려퍼지던 아메리칸 인디언들의 뿔피리 소리처럼 슬프고 고혹적이다. 운 좋게 새끼를 등에 태운 암컷을 만나 그들의 에스코트가 되면 바다 위로 온몸을 솟구쳐 가슴지느러미로 물결을 치며 날뛰는데, 이때 산더미 같은 파도가 일어 함께 기뻐한다고 한다. 그런데 덩치에 비해 수줍음도 많아 그들이 어디로 가서 어떻게 가슴 두근거리며 첫사랑을 나누는지 그것을 훔쳐본 이는 여직껏 아무도 없다.

소녀상

일본대사관 앞에 세워진 평화비 소녀상에 누군가 목도리를 두르고 갔습니다. 누군가는 발이 시리겠다며 털양말을 신겨주고 갔습니다. 또 누군가는 새로 꽃시집 가시라며 예쁜 족두리를 씌워주고 갔습니다. 그러나 이제 태평양전쟁의 할머니들이 몇분 남지 않았습니다. 그리고 오늘은 1003번째 수요집회가 열리는 날입니다. 대답 없는 대사관 정문을 바라보며 소녀는 오늘도 속으로 조용히 울었습니다. 낯익은 할머니가 다가와 울지 말라며 작은 등을 가만히 쓸어주었습니다.

자매처럼

　일요 미사가 끝난 용산성당 원효로 쪽, 영하의 추위 속에 온몸을 털목도리로 감싼 자그마한 체수의 할머니 두분이 자매처럼 손을 잡고 가파른 빙판길을 조심조심 내려가고 있는데, 그들의 꼭 잡은 두 손이 얼마나 정겹고 따스해 보였던지 성모께서도 고개를 길게 빼어 한참을 내려다보시었다.

잠들기 전에

눈이 올 것만 같은 겨울 저녁,
반달가슴곰이 졸린 눈을 비비며 아주 순한 산등성이를
바라본다

해송(海松)

저 바람 다 맞으려고
저리 키를 낮추셨나
모래언덕 위에 꼬부라진 해송 세그루!

태백산맥*

머언 산맥이 파도처럼 누워 있다
그러나 끝내 물결치지 않는다

* 이철수 판화 「태백산맥」, 『나무에 새긴 마음』, 컬처북스 2011, 66~67면.

사뿐히

　보도블록에 첫눈이 햇솜처럼 소복이 쌓이었다. 이른 아침부터 안경 쓴 어린 남매가 입김을 호호 불며 그 위를 조심조심 밟고 지나갔다. 고라니 발자국보다 선명한 그들의 발자국이 이 세상의 끝까지 사뿐히 이어졌으면 좋겠다.

봄 햇살

히말라야 산중 마을에 새봄이 왔다. 팔뚝만 한 물고기들
이 뛰는 봇둑 너머에서 뿔싸움을 하던 흑염소 두마리가 때
마침 양떼를 몰고 나가던 주인 여자를 따라가겠다고 떼를
쓰다가 야단을 맞고는 멋쩍은 듯 머리를 긁적이는데, 한 소
녀가 다가가 그들의 잔털을 쓰다듬어주고 있다. 염소들의
잔등 위로 올해의 가장 탐스런 봄 햇살이 자르르 흐른다.

밤마실

일머슴처럼 손 크고 덩치 큰 울 어매 곡성댁, 마당에 어둑발 내리면 쌀자루 보릿자루 옆구리에 숨겨 몰래 사립을 나섰네. 그때마다 쪽찐머리 고운 해주 오씨 우리 큰어머니 안방 문 쪽거울에 대고 혼잣말처럼 중얼거리셨네. "니 에미 또 쌀 퍼서 나간다." 저녁이 다 가도록 밥 짓는 연기 오르지 않는 동무 집이 많던 시절.

사냥

　빙하가 둥둥 떠다니는 북극 노르웨이령 스발바르드 제도의 한 섬, 굶주림을 참지 못한 북극곰이 동족의 새끼를 사냥하여 물고 가다가 뒤를 슬쩍 돌아다보고 있다. 지구 온난화로 빙하가 너무 일찍 녹아 먹잇감인 연어와 바다표범이 모두 사라지고 없기 때문이란다. 인류의 공멸 이전에 자연의 붕괴가 먼저 시작되는 것인가? 눈밭에 점점이 흩어진 어린 곰의 피가 꽃처럼 붉다.

'스스로 그러함'을 드러내는 영원의 순간들

오철수

시집 원고를 읽다가 약속시간에 늦어 택시를 탔습니다. 동네를 벗어나 남부순환도로로 접어들자 엄청나게 막혔습니다. 조급한 마음에 혼잣말로 '이 시간에도 이렇게 막히네' 했는데, 머리가 하얗게 센 기사님이 이런 말을 했습니다.

"손님, 내가 부러 막히는 길로 온 게 아니에요."

"저도 아는데요, 왜 그런 말씀을 하세요?"

"간혹 막히는 길로 온 게 우리 탓인 양 하는 분들이 계셔서요."

그러면서 다툼으로 번져 결국 경찰서까지 갔던 일을 이야기했고, 사람들이 좀 착하게 살았으면 좋겠다는 말을 덧붙였습니다. 그 말끝에 나도 차를 타기 직전에 읽었던 시 한편이 생각나 얼버무려 말해주었습니다.

서초중앙하이츠빌라의 머리가 하얗게 센 경비 아저씨는
저녁이면 강아지와 함께 나와 지나가는 사람들에게 인
사를 한다
세상엔 이렇게 겸손한 분도 있다

—「절」 전문

이 시를 듣더니 기사님이 아주 반가워하며 확신에 차서
말했습니다. 그런 사람은 꼭 있게 마련이고, 세상이 잘되려
면 그런 사람이 많아야 한다고.

그저 기사님의 말에 추임새 넣는 정도로 말한 것인데 그
반응이 참 놀라웠습니다. 어째서 그 머리 허연 기사님은 단
몇초도 머뭇거리지 않고 그토록 이 시에 공감했을까? 물론
자신의 이야기와 맥락이 닿는 면이 있어서일 테지만, 그래
도 정황이 다른 한편의 시가 어떻게 그의 마음속으로 쏙 들
어가 그처럼 긍정될 수 있었을까?

아마 가장 큰 이유는, '짧은 서정시'라 불리는 이시영 시
인의 독특한 시 형식에 있을 거라 여겨집니다. 짧기에 정황
을 주렁주렁 거느리지 않습니다. 이런 특징이 일단 어느 방
향에서도 시 안으로 쉽게 들어서게 합니다. 실제로 '서초
동'이라는 살 만한 동네의 "머리가 하얗게 센 경비 아저씨
는/저녁이면 강아지와 함께 나와 지나가는 사람들에게 인
사를 한다"가 대상의 전부이니 어느 쪽에서 누가 봐도 쉽게

다가설 수 있습니다. 두번째는 대상의 표면을 중시한 형상화의 효과입니다. 이때의 표면은 심층과 분리된 표면이 아니라 하나가 된 표면입니다. "저녁이면 강아지와 함께 나와 지나가는 사람들에게 인사를 한다"는 대상의 표면에 심층이 다 올라와 있는 것이지요. 여기서 "강아지와 함께"가 빠지면 의미가 달라질 수도 있습니다. 왜냐하면 그 관계에서 경비 아저씨는 강아지와도 함께할 수 있는 분이어서 그 앞을 지나가는 사람들에게 절을 할 수 있기 때문입니다. 그러니 역설적으로 시인에게 가장 깊은 곳은 늘 표면일 수밖에 없습니다. 세번째는 여백의 지극함을 언어만큼이나 중하게 여긴다는 점입니다. 이때의 여백은 시적 대상에 집중할 수 있는 클로즈업을 가능케 하고, 클로즈업을 통해 여백은 의미있는 자리로 만들어집니다. 따라서 그 여백은 클로즈업을 행한 시인의 생각과 느낌, "세상엔 이렇게 겸손한 분도 있다"는 메시지가 울려퍼지는 공간입니다. 이런 여백이 없다면 시인의 목소리가 아무런 울림이 없이 날것 그대로 드러난다는 점에서, 여백이란 그 자체에 이미 의미가 존재하는 공간이기도 합니다. 네번째는 이런 세가지 특징을 확실히 유지하기 위한 전제로, 니체 식으로 이야기하면 '없어도 좋으나 빼버릴 것은 아무것도 없다'는 철저한 관계적 생성을 긍정하는 태도입니다. 실제로 이 시의 대상도 생성의 한 순간으로서 존재하며 시 안에서 그의 전 생애가 함께 빛남니다. '하나를 보면 열을 안다'는 그 '하나'를 보여준 것입니다. 그래서 만약 그 경비 아저씨가 다른 일을 할 때 보았더라도 시인은 유의미한 형상으로 잡아냈을 것입니다. 이러한 네가지 특징으로 보면 이 시는 관계적인 겸손을 이 세상에 존재케 하려는 의지를 가장 자연스럽게 표현한 서정입니다.

그러니 그 특징을 구현한 시적 형상을 택시 기사님도 특별한 어려움 없이 아주 명료하게 긍정할 수 있었을 것입니다. 이런 특징을 형식화하는 이시영 시인의 '짧은 서정시'는 시집 『무늬』(1994) 이후 『은빛 호각』(2003)에서 절정을 이루며 이번 시집으로 이어집니다. 이십년에 걸친 형식화입니다. 우선 저는 이런 형식화를 행할 수 있는 듬직하고 놀라운 힘에 경의를 표합니다. 그리고 그 힘이 세상을 들여다보는 또 하나의 미적 시각이자 태도로 자리함을 눈여겨봅니다. 단순히 생각하면 생성의 순간은 모두 유의미함으로 그 순간의 형상을 절대화하는 방식이라고 말할 수도 있지만, 정말 그렇게 되도록 하는 일은 보통 내공으로는 쉽지 않습니다. 그런 서정을 형상화하는 데 있어 순간의 형상에 전체가 보이도록, 표면이 가장 깊은 심층일 수 있도록, 그리하여 스스로 존재화할 수 있도록 해야 하기 때문입니다. 그리고 이것은 감정적·언어적 강제로 이루어지는 것이 아니라 대상의 '스스로 그러함'의 '꼴(외연)'과 '깔(내포)'을 볼

수 있는 관계적 감응과 이해에 의존하는 것이기 때문이기
도 합니다.

정말 시인은 그렇게 하는가?

> 동양파라곤아파트 동쪽 정원 측백나무 옆
> 고양이 세마리가 나와 자울자울 해바라기를 하고 있
> 는데
> 그중 두 놈은 흰 배에 검은색 등이고
> 나머지 한 놈은 완전 호랑이 색깔이다
> 그런데 저렇게 평화로울 수 있다니!
>
> ──「평화롭게」 전문

순간에 보인 것, 혹은 순간으로 고정시킨 것은 "그중 두
놈은 흰 배에 검은색 등이고/나머지 한 놈은 완전 호랑이
색깔이다"입니다. 그런데도 편을 가르거나 누구를 따돌리
지 않고, 또 남의 햇빛을 탐하지 않고 서로 어울려 평화롭
습니다. 그렇기에 그 고양이들의 '꼴'에 생의 법(法)이 가득
실려 '깔'을 만듭니다. 시인은 그 꼴과 깔에 감응하여 "그
런데 저렇게 평화로울 수 있다니!"라고 의미감정을 말합니
다. 그뿐입니다. 그 형상이 내내 생의 법에 해당하는 의미
를 뿜고 있는 것입니다. 한순간에 그들의 전 생애뿐만 아니
라 우주의 법까지 들어와 빛을 발하는, 이름하여 순간이 영

원이 되는 형상을 만든 것입니다. 편을 가르고 서로 다투는 것을 생존의 기술로 아는 세상을 향해 그 순간의 형상이 '말 없는 말'을 건네고 있었던 것이지요. 그래서 시인은 그 '말 없는 말'에 음성을 실어준 것이고요. 이렇게 이해하고 보면 단순히 배경이 되어주는 "동양파라곤아파트 동쪽 정원 측백나무 옆"도 만만치 않은 의미체가 됩니다. 해 뜨는 동쪽 정원의 파라곤(paragon: 모범, 귀감)은 '차이와 더불어 함께하는 평화'라는 의미로 이해될 바탕이 되기 때문입니다. 그러니 "그런데 저렇게 평화로울 수 있다니!"라는 의미 감정은 시인이 혼자 내는 목소리가 아니라 실제의 장소와 시의 장소와 시를 읽는 자의 심상의 장소가 어우러져 세겹의 울림이 됩니다. 그런 이유로, 매우 극렬한 서정인데도 이렇게 자연한 한편의 시로 완성되는 것입니다.

그렇다면 '짧은 서정시'가 그냥 짧기만 한 서정시는 아닙니다. 자연함의 법이 드러나는 순간(혹은 영원이 실린 순간)을 붙잡고 감응하는 능력이 부족하다면 허망할 수밖에 없기 때문입니다. 하지만 시인은 이십년이라는 세월 동안 그 수련을 해왔습니다. 처음에는 주로 자연을 통해, 그리고 나중(『우리의 죽은 자들을 위해』 『경찰은 그들을 사람으로 보지 않았다』)에는 신문기사나 이야기나 책을 읽다가도 자연함의 법이 드러나는 유의미한 형상을 붙잡고 감응하여 시로 만듭니다.

말을 타고 달리다가 인디언들은 갑자기 뒤를 돌아본다
고 한다
　거기 영혼이 따라오는지 보려고!
　그들이야말로 영원한 대지의 자식들이다
—「옛날엔」 전문

　책을 읽다가 만났음직한 아주 단순한 이야기입니다. 그
런데 이 시를 내가 뭔가에 홀려 정신없이 달리다가 허망하
게 되돌아보았을 경우로 생각해보십시오. 문명이라는 말을
타고 정신없이 달리다가 멈췄을 때를 생각해보십시오. 우
리의 정신이 휘발성일 수 있다고 생각해보십시오. 나에게
물질 덩어리만 남았다고 생각해보십시오. 그런 절박함에
서 읽으면 "거기 영혼이 따라오는지 보려고!"라는 말이 오
래된 인디언의 말이기만 하겠습니까. 그리고 그 오래됨이
라는 것이 오래되기만 한 것이겠습니까. 그 말은 삶이 있는
한 '지금-여기'에 살아 있는 영원한 말입니다. 그 말은 "대
지의 자식들"의 존재 형식을 지키고자 한, 육체와 영혼이
함께 조화하고자 한 의지이기 때문입니다. 따라서 이 장면
에는 속도와 관련해서 '영혼과 육체의 조화'가 "대지의 자
식들"의 법이라는 생각이 들어 있는 것입니다. 시인은 그러
한 형상을 통해 그 법이 빛나도록 합니다. 그래서 이번 시

집을 아우르는 말로서 '오래된 노래'는 '생성 세계의 법'에 대한 다른 말일지 모른다는 생각을 하게 됩니다. 그러니 오래되었지만 계속되는 것이지요.

이런 자연함의 생성의 법을 노자는 『도덕경』 14장에서 다음과 같이 말합니다.

옛 도를 붙잡아 지금의 있음을 제어함으로써 옛 시작을 능히 알 수 있나니, 이를 도의 벼리라 한다(執古之道 以御今之有 能知古始 是謂道紀).

그러니 어찌 '오래된 노래'가 오래된 노래이기만 하겠으며, '짧은 서정시'가 어디 짧기만 한 서정시이겠습니까. 짧은 서정시라는 형식은 생성 세계의 '스스로 그러함'의 법을 드러내는 훌륭한 방편입니다.

다음 시는 이야기 속에서 드러난 자연함의 법을 형상화합니다.

소설가 오정희 씨가 서울 나들이를 위해 춘천 역사에 들어서면 어떻게 알았는지 금테 모자를 눌러쓴 귀밑머리 희끗한 역장이 다가와 이렇게 인사한다고 합니다.

"오 선생님, 춘천을 너무 오래 비워두시면 안됩니다."

그리고 측백나무 울타리 가에서 서울행 열차의 꽁무니

가 안 보일 때까지 배웅한다고 합니다.

　아, 나도 그런 춘천에 가 한번 살아봤으면!

—「춘천」 전문

　훌륭하다는 분들의 목소리로 넘쳐나고, 얻기 어려운 재화를 찾아가는 미로처럼 길이 짜여 있고, 욕심낼 만한 것들로 입구를 장식하고 있는 이 세상에서 "소설가 오정희 씨"는 꼭 '소설가 오정희 씨'로 존재하고 귀해지는 관계입니다. 요즘 세상의 길과는 다른 길이 있는 것입니다. 그리고 그 다른 길이 있다는 것만으로도 숨구멍이 트이는 듯합니다. 자본관계가 전일화(全一化)되어가는 이때에 혹은 그 안에 다른 관계가 아직 죽지 않고 살아 있으니 말입니다. 게다가 '봄 냇가' 마을입니다. 사계의 시작이 있고, 더 나아가 문명의 시작이 있는 장소의 질서가 바로 이렇다면, "아, 나도 그런 춘천에 가 한번 살아봤으면!"이라는 감정이 어떤 의미로 맺히겠습니까. 유토피아는 미래의 어디에 있는 것이 아니라 지금의 삶 속에 이미 있는 것일지도 모릅니다. 그래서 "오 선생님, 춘천을 너무 오래 비워두시면 안됩니다"라는 말이 미소와 함께 꽃봉오리를 터뜨리면 거기가 '봄 냇가'의 꽃동네가 되고 "살아봤으면" 좋을 세상이 될 것입니다.

　이렇게 시인의 눈이 '옛 시작'에 닿아 그 따뜻함을 오늘

순간의 형상으로 절대화하는 것입니다. 그것을 노자의 말로 하면 '도기(道紀)' 즉 '도의 벼리'가 담긴 서정입니다.

그런데 문제는 이런 '스스로 그러함'의 서정이 문명에 찌든 감각에게는 맹탕처럼, 아무것도 아닌 것처럼 느껴진다는 것입니다. 실제로 요즘 유행하는 시 풍토에서 보면 더욱 그렇습니다. 노자가 "갖가지 색깔은 사람의 눈을 멀게 하고, 갖가지 음은 사람의 귀를 멀게 하고, 갖가지 맛은 사람의 혀를 버리게 한다. 말을 타고 달리며 사냥질을 하는 것은 사람의 마음을 들뜨게 만들고, 얻기 어려운 재화는 사람의 행동을 어지럽게 만든다"(『도덕경』 12장)고 한 것도 그러한 연유일 것입니다.

하지만 색에 또 다른 색을 더하는 것, 맛에 또 새로운 맛을 더하는 것, 소리에 또 신기한 소리를 더하는 것으로는 생명의 세상, '스스로 그러함'의 세상, '봄 냇가' 같은 동네를 만들 수 없다는 것이 시인의 확신인 듯 보입니다.

끝내 들어올리지 못한 바벨을 내려놓고
그것을 쓰다듬는 장미란의 손길은 아름다웠다
그래, 고맙다 바벨!
그동안 내가 너를 들어올린 것이 아니라
네가 나를 힘껏 들어올려주었구나!

—「작별」 전문

세상은 제가 들어올린 바벨을 제힘과 기술로 들어올렸다고 말합니다. 다 제가 잘나서 그런 줄 압니다. 그래서 힘이나 기술 같은 유위(有爲)적 방법에 목을 매답니다. 물론 그런 노력들이 잘못된 것은 아닙니다. 하지만 거기에 붙들려 있는 한 '바벨과 나의 관계'는 단일한 쓰임과 가치평가의 관계가 되어 나를 지배하게 됩니다. 그 관계로만 보면 "끝내 들어올리지 못한 바벨을 내려놓고/그것을 쓰다듬는 장미란의 손길"은 결코 아름다운 것이 아닙니다. 그 "쓰다듬는" 행위는 단일한 쓰임과 가치평가에서 탈락을 의미할 뿐입니다. 한계일 뿐이지 완성일 수 없습니다. 그 가치평가가 변하기 위해서는 '바벨과 나의 관계'를 "그동안 내가 너를 들어올린 것이 아니라/네가 나를 힘껏 들어올려주었구나!"로 볼 줄도 알아야 합니다. 그래서 이 '작별'은 역사(力士) 장미란이 은퇴하는 작별이기도 하지만, 유위에 유위를 더하는 문화적 방식과의 작별을 의미하기도 합니다. 그때 '나'와 '너'의 차원을 넘어 '우리'라는 차원에서 '신(神)답다'(곰+답다)에 해당하는 "고맙다"라는 말이 성립합니다.

그렇다면 시인이 짧은 서정시로 모색하는 세상은 "고맙다"의 세상일지도 모릅니다. 이를 위해 시인이 각별하게 생각하는 힘이 '스스로 그러함'이 순도 백 퍼센트로 살아 있는 생명의 원초적 힘인 듯합니다. 이 세상에 생명으로 주어지는 순간, 이 세상을 제힘으로 성형(成形)하는 그 힘!

눈부신 햇살이 쏟아져내리는 남극의 싸우스조지아 섬,
턱끈펭귄 암컷이 둥지에 품고 있던 알을 부리로 톡톡 깨
자 기다렸다는 듯이 껍질을 뚫고 나오다가 옆으로 쓰러
지는 새끼 턱끈펭귄. 고개를 젖혀 비린 눈을 뜨자마자 어
미를 향해 한껏 벌린 입이 저 아래까지 빨갛다.

—「입」 전문

'스스로 그러함'의 생명적 질서의 근원은 줄탁(啐啄)과
같습니다. '스스로 그러함'이라는 생명적 질서가 "톡톡" 새
끼를 깨우고, 새끼는 그 우주적 신호를 알아 내부로부터 깨
치고 나오는 인과동시(因果同時)의 관계입니다. 생명으로
태어남은 생명력으로 성형하였음과 같은 말입니다. 그래서
삶의 근거는 바로 그 원초적인 생명의 힘입니다. 그것을 시
인은 "비린 눈을 뜨자마자 어미를 향해 한껏 벌린 입이 저
아래까지 빨갛다"라고 말합니다. "비린 눈"도, "어미를 향
해 한껏 벌린 입"도, 생명의 깊이에 해당하는 "저 아래"의
붉음도 하나같이 문식(文飾) 이전의 힘의 형태이고, 유위
의 증식과 번쇄라는 악순환을 끊고 이제 우리가 돌아가 거
듭나야 하는 힘입니다. 그런 순간의 형상을 붙잡아 '스스로
그러함'으로 나아가는 길을 보여주는 것!

이번 시집의 시를 요약하면, "짧은 서정시 형식으로 '스스로 그러함'을 드러내는 영원한 순간들의 미학"이라고 부를 수 있을 것입니다. 이 시집을 읽는 분들의 마음 또한 '스스로 그러함'의 길에 "곧" 들어설 수 있다면 좋겠습니다.

양들이 조심조심 외나무다리를 건너 귀가하고 있습니다
곧, 저녁입니다

—「곧」 전문

오철수 | 시인·문학평론가

어디 가서 '선생님' 소리를 들을 때마다 제일 슬프다. 나는 아직도 어린아이의 마음을 간직하고 싶은 평범한 시인! 5킬로미터 떨어진 읍내 중학교 가던 '구례-하동' 간 그 19번 국도가 생각난다. 버스 한대가 지나면 자갈들이 튀어오르고 먼지가 눈앞을 자욱이 가렸다. 나여, 부디 그 새벽길의 초심을 잊지 말자.

2014년 4월
이시영

창비시선 373

호야네 말

초판 1쇄 발행 / 2014년 4월 25일
초판 3쇄 발행 / 2020년 9월 14일

지은이 / 이시영
펴낸이 / 강일우
책임편집 / 김선영
펴낸곳 / (주)창비
등록 / 1986년 8월 5일 제85호
주소 / 10881 경기도 파주시 회동길 184
전화 / 031-955-3333
팩시밀리 / 영업 031-955-3399 편집 031-955-3400
홈페이지 / www.changbi.com
전자우편 / lit@changbi.com

ⓒ 이시영 2014
ISBN 978-89-364-2373-5 03810